25ª edição

Teresa Noronha

Um trem de janelas acesas

Ilustrações: Evandro Luiz da Silva

ENTRE LINHAS
COTIDIANO

Atual Editora

Série Entre Linhas

Editor • Henrique Félix
Assistente editorial • Jacqueline F. de Barros
Preparação de texto • Lúcia Leal Ferreira
Revisão • Pedro Cunha Jr. (coord.)/Maria Irene Incaó/Camila R. Santana

Gerente de arte • Nair de Medeiros Barbosa
Diagramação e finalização • Setup Bureau Editoração Eletrônica S/C Ltda.
Projeto gráfico de capa e miolo • Homem de Melo & Troia Design
Produção gráfica • Rogério Strelciuc
Impressão e acabamento • Gráfica Paym

Suplemento de leitura e projeto de trabalho interdisciplinar • Liliana Olivan

Dados Internacionais de Catalogação na Publicação (CIP)
(Câmara Brasileira do Livro, SP, Brasil)

> Noronha, Teresa
>   Um trem de janelas acesas / Teresa Noronha ; ilustrações Evandro Luiz da Silva. — 25. ed. — São Paulo : Atual, 2009. — (Entre Linhas: Cotidiano)
>
>   Inclui roteiro de leitura.
>   ISBN 978-85-357-1131-8
>
>   1. Literatura infantojuvenil I. Silva, Evandro Luiz da. II. Título. III. Série.
>
>   CDD-028.5

Índices para catálogo sistemático:

1. Literatura infantil 028.5
2. Literatura infantojuvenil 028.5

Copyright © Teresa Noronha, 1989.

SARAIVA Educação S.A.
Avenida das Nações Unidas, 7221 – Pinheiros
CEP 05425-902 – São Paulo – SP – Tel.: (0xx11) 4003-3061
www.coletivoleitor.com.br
atendimento@aticascipione.com.br

Todos os direitos reservados.

13ª tiragem, 2019

CL 810342
CAE 575982

Sumário

Nosso trem 7

A passagem da ponte 13

Na sala de espera: minha heroína predileta 18

O casamento 23

Na sala de espera: a gaiola dourada 28

O assaltante 35

Bolinhos de chuva 39

A moça que chorava 46

Na sala de espera: dois mistérios 50

A última viagem 56

A autora 61

Entrevista 62

*Para
Maria das Dores de Toledo,
minha avó,
que sempre foi uma grande companheira*

Felicidade não é utopia.
Ela existe.
Não como prêmio,
mas como conquista.
Não é uma estação
aonde chegamos.
É maneira de viajar.

Roque Schneider

Nosso trem

*Pelos trilhos da distância,
no trem de minhas tristezas,
somente o vagão da infância
tem janelinhas acesas.*

Cipriano F. Gomes

— Vamos pegar o último vagão e arranjar um banco duplo — disse minha avó. — E nada de correrias, temos muito tempo.

Seu Olavo da farmácia passou por nós, apressado.

— Eu sou mais esperto, vou lá para a frente e chego primeiro — disse, rindo de nós.

Era um trem muito bonito e bem cuidado. Eu apreciava as paredes e o teto de madeira envernizada, os lustres em forma de flor e os bancos de palhinha com uma capa branca na parte superior do encosto. Ele chegava com o sino tocando festivamente, e na hora da partida seu apito era tão forte que fazia a gente estremecer.

Vovó escolheu um bom lugar e fez o banco da frente deslizar nos trilhos até ficar virado para nós. Muita gente fazia isso para ter mais espaço para a bagagem, para descansar os pés ou para deitar uma criança. O motivo de vovó era diferente: ela gostava de companhia. E os dois bancos, face a face, eram como dois sofazinhos numa sala de visitas.

Quando o trem ficava cheio, muitas pessoas pediam licença e faziam o banco voltar à posição certa. Mas a maioria se acomodava na nossa frente e puxava prosa. Se a pessoa fosse tímida, vovó é que começava uma conversa que durava a viagem inteira.

•

Todos os meses, vovó viajava para visitar os filhos. Tinha nove, morando em cidades diferentes mas próximas da nossa.

Eu era sua companheira constante. Tinha dez anos e a certeza de que na minha companhia vovó estaria livre de muitos perigos: um mal-estar repentino, uma queda, um assalto ou perda de bagagem.

Para vovó, essas viagens, sem meus pais, me tornariam menos tímida e mais independente. Mas o motivo principal de irmos sempre juntas era que a gente se dava bem e esses passeios eram muito divertidos para as duas.

No começo, eu tinha vergonha de viajar com minha avó... Não que ela chamasse a atenção por qualquer motivo desagradável. Pelo contrário: vovó era muito discreta.

Vestia sempre um conjunto escuro, de seda ou de lã, e uma blusa branca, impecável, com um broche na gola. Usava sapatos fechados, confortáveis, de salto baixo. Seu único luxo eram as meias de seda, muito finas. Os cabelos lisos, prateados, eram penteados para trás e presos num birote com grampos compridos.

Sem ser muito alta, tinha um porte bonito, cheio de distinção, e sua simpatia era impressionante. Feições muito delicadas: nariz pequeno, olhos esverdeados, expressivos, e um sorriso aberto para o mundo.

Podia a viagem ser curta ou longa, ela não dispensava a sacola do lanche. Mal o trem começava a andar, eu sentia fome. Vovó sabia disso: abria um embrulho grande, e a festa começava, para mim e para quem estivesse perto.

Nosso trem tinha restaurante e eu achava uma beleza as pessoas almoçando naquelas mesinhas de toalhas engomadas e vasos de flores, com talheres, pratos e copos marcados com o monograma da Companhia Ferroviária. Tão chique!

Vovó dizia que não gostava de comer ali porque passava todo o tempo lutando com as coisas que não paravam nos seus lugares. Uma vez fomos almoçar lá para eu matar a vontade, mas fiquei logo enjoada, passei mal mesmo. Por isso, vovó inventou aquela história de talheres e pratos dançantes.

Mas, como eu ia dizendo, ficava envergonhada de viajar com vovó. Porque as pessoas me olhavam muito! Ora, não sou feia de doer... Nem bonita de chamar a atenção...

Nossas viagens eram tão regulares que logo ficamos conhecidas do pessoal do trem e dos viajantes. Amigos novos e velhos faziam questão de entrar no último vagão e se instalar perto de nós. E me olhavam, me olhavam...

Eu me examinava para ver se não estaria com o rosto sujo, o vestido rasgado, as meias furadas, o cabelo muito despenteado. Não estava! E as pessoas olhando, olhando...

Certa vez, uma senhora passou por mim, me olhou muito e comentou com o marido: "Viu como ela está forte e corada? Sarou mesmo! Acho que a nossa também vai ficar assim".

Fui prestando atenção, ouvindo trechos de conversas, "estudando" os olhares... E descobri o mistério.

Sempre que ouvia falar em doenças infantis, não importa qual fosse, minha avó dizia (e era verdade) que uma neta sua tivera o mesmo problema e ficara boa. As netas eram muitas e ela não explicava se estava falando de Beth ou de Carolina, de

Maria, de Carlota, de Camila ou de mim. As amigas pensavam que a colecionadora de doenças era eu. Daí aquele espanto por eu ter sobrevivido. E suas esperanças renasciam.

Quando descobri, deixei de me aborrecer com os olhares insistentes: eram apenas de admiração pela minha saúde atual...

•

Nessa viagem, nosso vizinho mais próximo era um desconhecido de cara brava que fumava um charuto sem fim.

As vidraças estavam fechadas por causa do frio, e a fumaça vinha diretamente para nós e para duas senhoras de idade que conversavam com vovó.

A mais velha foi ficando cada vez mais pálida, e a certa altura a mais moça pediu:

— Por favor, o senhor poderia fumar no compartimento próprio? Seu charuto está incomodando muito a minha mãe.

O homem resmungou:

— Daqui não saio. Os incomodados que se retirem.

Percebi que vovó não gostou, mas se conteve. Tinha um plano.

Daí a pouco, ela abriu o embrulho do lanche. De dentro de um guardanapo muito branco, espiavam empadinhas douradas que ofereceu às novas amigas. E, como se nada tivesse acontecido, ao homem do charuto que continuava de mau humor.

— Não quero nada. A senhora não vê que estou fumando?

— Pois quando parar de fumar, aceite alguma coisa.

— Sou muito exigente, só como o que minha mãe faz.

— Ela deve cozinhar bem. Mas eu preparei este lanche com carinho. Faça de conta que foi feito por ela.

O homem ficou admirado com a gentileza de vovó. Hesitou um pouco, mas apagou o charuto e pegou uma empada. Repetiu, com ar de aprovação. E depois aceitou uma rapadurinha de leite.

Quando chegou sua vez de desembarcar, ele se despediu de vovó, agradecendo, e se desculpou com as outras senhoras por ter incomodado.

Não demorou e o homem que vendia revistas parou ao nosso lado e entregou duas ou três para minha avó.

— Obrigada, não vou querer — disse ela.

— São suas. Aquele homem do charuto mandou entregar.

●

Estávamos chegando. A locomotiva avançou demais e os primeiros carros pararam fora da plataforma. Mas o nosso ficou bem em frente à saída da estação.

Num instante saímos para a rua e vovó chamou um táxi. Seu Olavo da farmácia também havia desembarcado e vinha correndo, afobado, à procura de condução.

Imediatamente eu me lembrei daquela história do coelho e da tartaruga que apostaram uma corrida. Ele, na certeza de ganhar, inventou de dormir no meio do percurso; ela, no seu passinho lerdo, não desanimou, não parou nem uma vez e acabou chegando na frente. Achei seu Olavo com muito jeito de coelho desapontado. Mas vovó não parece tartaruga, nem um pouco.

Vendo seu Olavo meio perdido, vovó perguntou se ele queria uma carona dizendo que não custava nada a gente passar primeiro na casa dos parentes dele. Seu coelho, digo, seu Olavo ia aceitando, contente, quando viu o filho, que o esperava. Despediu-se e foi embora, ligeirinho, parecendo mais do que nunca um coelho, novamente esperto.

Um homem barbudo, de roupa e chapéu muito surrados, parou perto de nós e pediu "um auxílio". Vovó remexeu a bolsa à procura de uma nota. Ela nunca dá uma moeda de pouco valor, às pressas, sem olhar para o pedinte. Dá uma esmola boa ("para eles irem para casa mais cedo", explicava), olha a pessoa com bondade e sempre deseja "boa sorte".

O homem agradeceu tirando o chapéu:
— Boa sorte para a senhora também. Deus lhe pague em dobro, dona.

•

No táxi, o motorista se virou para vovó e avisou:
— A senhora precisa tomar cuidado. Aqui tem muitos assaltantes. E vigaristas que se fingem de mendigos.
— Obrigada. Vou me lembrar disso.
Meu tio, quando soube do caso, comentou:
— Ele tinha razão, mamãe. Todo cuidado é pouco. Ignore essa gente.
— Mas são companheiros de viagem! Eu me sinto responsável por eles.
Fiquei admirada.
— Como assim, vovó? Você nunca viu aquele homem! Quando foi que ele viajou com a gente?
— Sempre. E vai continuar viajando até o fim. Nossa vida é como uma viagem de trem, Claudinha. Quanto mais longe vamos, mais companheiros conhecemos. Temos obrigação de ajudar a todos. Um dia você vai entender.
Não gostei muito do que vovó disse. É fácil ser companheira de Antonieta, minha melhor amiga. Ou de Cecília, minha segunda melhor amiga. Mas tem a Iolanda, que copia minhas redações e diz que eu roubo as ideias dela... E aquele menino que mora na esquina e atiça o cachorro na gente...
Expliquei à minha avó que ser boa para essa gente não é fácil, e ela disse que não se deve falar "essa gente", como faz meu tio. Para ela, não existe "essa gente": existem "as pessoas"...
Nosso trem é como nossa vida! Eu nunca tinha pensado nisso!

A passagem da ponte

*Amante da natureza,
peço a Deus onipotente
que o trenzinho da tristeza
passe bem longe da gente.*

Dias Monteiro

Há pessoas que têm medo de altura. Ou de cachorros, ou de tempestades. Outras têm medo de tudo isso junto. Essas, coitadas, perdem muita coisa boa da vida.

Uma prima nossa tem medo de túneis. Já mocinha, quase não viaja porque é um grande sofrimento para ela saber que o trem tem que passar por um túnel. Quando pensa que está se aproximando dele, fecha os olhos. Prefere ficar na escuridão um bom tempo para não ver a escuridão do túnel por uns poucos minutos! Abre um pouquinho os olhos e pergunta: "Já passamos?". Se a gente diz que não, ela torna a cerrar os olhos. Assim, não vê, muito antes do túnel, a paisagem, nem as pessoas, nem as estações, além de passar por uma angústia de dar pena.

Vovó dizia que há pessoas que passam a vida de olhos fechados...

O caso de tia Luisinha não era muito diferente. Ela nunca ia visitar os parentes de outras cidades porque tinha medo de passar na ponte sobre um rio muito largo. Achava que o trem ia despencar justamente no dia que ela escolhesse para viajar. Ou que a ponte, nova e firme, ia desmoronar de propósito quando ela passasse...

O problema de tia Luisinha veio novamente à tona quando chegou o dia de uma grande festa da família. Tia Corina e tio Zezico iam fazer sessenta anos de casados, ninguém poderia faltar que eles ficariam tristes.

E tia Luisinha, como ia ser?

Os parentes apresentaram várias sugestões:

— A gente diz que há uma estrada nova que não passa pelo rio.

"Então tia Luisinha é tonta?", pensei.

— A gente diz que o rio está raso. Se a ponte cair, nem é preciso nadar.

Achei péssimo esse "se cair"...

Mais uma:

— A gente força a Luisinha a olhar o trem passando pela ponte para ela perder o medo.

Pensei: "Mas a tia podia perder também os sentidos e chegar desmaiada, sem condições de ir à festa...".

A prima que tem medo de túnel sugeriu:

— E se ela viajasse de olhos fechados o tempo todo?

Acho que seria uma fuga, não uma solução.

E o que vovó achava?

Achava graça em tia Luisinha, mas não a censurava. Tinha muita pena porque a tia vivia sofrendo por um fato que provavelmente não ia acontecer. Como muita gente sofre com antecedência por problemas que nunca acontecerão...

Os parentes amolaram tanto tia Luisinha que ela resolveu:

— Eu vou, mas só se a Mariquinha for junto.

Vovó concordou, dando risada:

— Você acha que tenho algum poder contra queda de pontes?

— Não sei, com você me sinto mais segura.

Vovó começou a fazer planos. Não sabia ainda como ajudar tia Luisinha. Comentou comigo que o melhor remédio para a gente esquecer uma coisa que nos incomoda é uma emoção mais forte.

— Essa eu não entendi...

— É mais ou menos assim: faz de conta que você está com uma dor de cabeça irritante, que não passa. De repente, dá uma martelada no dedo. Esta dor, mais forte, faz você esquecer a primeira...

— Você não vai dar uma martelada na tia Luisinha, não é?

— Sossegue, não tenho essa intenção.

— Seu método é perigoso, vovó. Será que não está pensando em jogar a tia no rio pra ela perder o medo de uma vez? Seria uma emoção bem forte... Ou vai fazer a coitada atravessar a ponte a pé, com uma vaca brava correndo atrás?

— Você é que é perigosa, Claudinha!

Rimos muito ao pensar em tia Luisinha correndo de um bicho qualquer. Ela não consegue nem andar depressa! Alta e corpulenta, tem uns pezinhos incríveis de tão pequenos. Anda sempre devagarinho, "pisando em ovos", com medo de cair.

Minha avó continuou:

— Estou pensando numa emoção forte, mas boa, gostosa... Tenho que descobrir o que mais diverte e distrai Luisinha.

Andou pesquisando e descobriu que a tia gostava de fazer doces. No trem, não dava! E de tocar piano. Também não dava...

Pensa que pensa, pergunta que pergunta, um dia vovó ficou satisfeita.

Logo que as duas entraram no trem, ela pegou um baralho.

— Luisinha, ouvi dizer que você é boa jogadora, mas não acreditei. Sei que é esperta, mas muito distraída. Eu, sim, sou a campeã da família. Que tal uma partidinha?

— É pra já. Garanto que você nunca mais vai esquecer este jogo.

Tia Luisinha se distraiu muito, mas não a ponto de esquecer seu problema. De vez em quando olhava pela janela, preocupada.

Vovó contava casos, jogava mal de propósito, derrubava cartas, fazia tudo para prender a atenção de tia Luisinha. Mas ela continuava com um olho no jogo, outro lá fora.

A ponte estava perto.

"É agora", pensava vovó, "ou ela aguenta ou desaba..." Estava pensando em tia Luisinha, não na ponte...

De repente, as duas foram distraídas por um problema maior.

A moça que viajava ao nosso lado começou a passar mal. Eu, na ponta do banco, avisei vovó, e ela agiu depressa, como sempre. Amparou a moça que já ia desmaiando e praticamente atirou o nenenzinho dela nos braços de tia Luisinha. Tomei conta da criança maior, que estava muito assustada.

O bebê, acordado bruscamente, começou a chorar alto. Tia Luisinha o embalava, passeava com ele, cantarolava, dava a chupeta. Nesse meio-tempo, veio um médico acudir a mãe.

Eu descobri uma mamadeira na sacola do neném e ia alimentá-lo, mas tia Luisinha protestou:

— Não. Deixe comigo.

Foi aí que um passageiro do banco de trás comentou:

— Estamos chegando na ponte. Como é grande!

Vovó e eu nos entreolhamos, preocupadas. Tia Luisinha percebeu e disse:

— Não quero saber de ponte nem de meia ponte. Feche a janela, Mariquinha, está ventando muito. E você (agora era comigo), não deixe a garotinha chorar para não assustar meu nenenzinho. Ele está quase dormindo.

Quando chegamos, tudo estava calmo. A moça tinha melhorado e seus pais a esperavam na estação.

Ajudei tia Luisinha a descer os degraus estreitinhos do trem. Os parentes a esperavam, não acreditando muito que ela fosse aparecer. Ficaram admirados ao vê-la muito alegre e tranquila.

— Tudo bem, Luisinha?

Ela riu.

— Tudo bem. A ponte não quis cair desta vez... Preciso passar de novo, sem a Mariquinha, para ver como é.

Na volta da festa, ela passou e viu... Aos poucos, em outras viagens, perdeu completamente o medo.

Vovó costumava dizer que a gente precisa aprender a passar sozinha pelas pontes.

Na sala de espera: minha heroína predileta

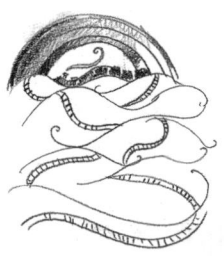

*O meu trem de cada dia,
vez ou outra iluminado,
se acaso traz alegria,
vem lento... chega atrasado!*

Carolina Ramos

Os filhos andaram visitando vovó. Por isso, passamos um bom tempo sem viajar.

Ela percebeu que eu sentia falta de nossos passeios e me disse:

— A sala de espera também pode ser agradável. É só você reparar nos outros, se interessar pelos companheiros, fazer amizades.

— Que sala é essa, vovó? A sua ou a minha?

— Estou falando em sentido figurado, sabe como é? Acho que você devia aproveitar mais esta temporada sem viagens. Dizem que o melhor da festa é esperar por ela...

— Eu não acho. O melhor da festa é a festa mesmo.

Mas vovó tinha razão, como sempre. Procurei me divertir por aqui mesmo, lendo, brincando com minhas amigas. Foi muito bom. E um dia, depois de algumas visitas que trouxeram lembranças do passado, mamãe me contou coisas da vida de vovó.

Ela ficou viúva muito moça, trinta anos, e com nove filhos para criar. Naquela época já tinha acabado a riqueza de muitos fazendeiros de café. Vovó lutou! As crianças ainda eram pequenas para ajudar. Para atrapalhar tinha bastante gente...

Para mim, a vida dela nesse tempo foi como a das heroínas dos filmes de faroeste, aquelas mulheres corajosas que defendiam suas famílias e suas terras da maldade dos ladrões de gado e outros vilões.

Certa vez, dois homens que tinham vindo de longe criaram muitos problemas para ela. Vovó tinha contratado esses trabalhadores com relutância, porque desde o começo não gostou do jeito deles. Mas precisava de braços para a colheita ("braços" aqui quer dizer não somente braços, mas a pessoa inteira). Um dia eles foram apanhados roubando sacas de café que seriam transportadas para a cidade.

O administrador, por ordem de vovó, despediu os dois. Mas eles, tendo recebido seu pagamento, não foram embora. Disseram:

— Vamos tomar satisfação com a patroa. Ela vai ver se mulher manda na gente.

Quando chegaram à sede, meu tio Sílvio estava no terraço com as irmãs, meninas ainda. Era apenas um garoto de doze anos e os homens foram entrando, ameaçadores, querendo agredi-lo.

Minha avó, ouvindo vozes estranhas, apareceu na porta de revólver em punho.
— Fora daqui já, ou eu atiro.
— Atire, se for capaz. A gente não tem medo de mulher.
Vovó era boa atiradora. Atirou.
A bala passou a dez centímetros da cabeça dos homens e foi se cravar no tronco de uma palmeira, atrás deles.
— Essa foi para avisar. A segunda é para acertar.
Os valentões ficaram brancos de susto e perderam a valentia.
— Não, dona, pelo amor de Deus, não mate a gente!
— Então desapareçam de minhas terras. E não voltem nunca mais!

•

Outra vez, um homem bateu com insistência na porta, tarde da noite. Queria falar com tio Joaquim que tinha saído. As meninas, lá dentro, disseram que o irmão não estava em casa. O homem, ou por não acreditar, ou para assustá-las, continuava batendo e ameaçando entrar à força.

Quando vovó viu aquilo, apareceu na porta, armada e decidida. Foi só olhar para ela, o engraçadinho viu que a dona da casa, embora fosse mulher, viúva e muito jovem, não era de brincadeira. Fugiu correndo.

Por causa desses fatos, vovó proibiu a passagem (para qualquer pessoa que não fosse da família) pelos arredores da casa depois das nove horas da noite.

Mas alguns colonos estavam acostumados a cortar caminho pelo pasto em frente à sede, em vez de ir pela estrada que contornava o rio, e certa vez seu Orlando, um dos melhores homens da fazenda, muito trabalhador e educado, esqueceu a proibição.

Tarde da noite, ia muito tranquilo em direção a sua casa quando os cães deram aviso. Vovó apareceu na janela e gritou:
— Lá vai fogo!
Foi aí que seu Orlando se lembrou...

— Pelo amor de Deus, não atire, dona Mariquinha! É o Orlando, não me mate.

— Pelo amor de Deus digo eu, seu Orlando! Já avisei que não quero ninguém por aqui de noite assustando a gente. Como vou saber se é amigo ou não é?

— Desculpe, por favor. Nunca mais vou me esquecer.

— Acho bom. De noite todos os gatos são pardos.

Seu Orlando se foi, mais ligeiro que qualquer gato.

•

Por falar em gato, houve aquele caso da onça.

Aos domingos, vovó gostava de ir, a pé, até a fazenda Macaco, de seu irmão Silvino. Levava os filhos ainda pequenos e América, a empregada que ajudara a criá-los. Na verdade, América era mais uma amiga que uma empregada. Os cachorros acompanhavam a turma.

Certo dia, voltavam já de tardezinha e desciam o morro ladeado por mata cerrada quando vovó viu, não muito longe, uma pequena onça deitada entre as árvores da margem da estrada.

Vovó não levava arma e, temendo um ataque, inventou uma desculpa e fez América descer às pressas com as crianças. Ela ficou lá em cima com os cachorros que, pressentindo o perigo, não a largaram.

A onça certamente tinha caçado e comido bastante naquela tarde. Saciada e com preguiça, nem olhou para a vovó e para os cachorros, apesar de saber, pelo faro, que estavam ali. Por sua vez, vovó sabia que os animais só atacam quando estão com fome ou se sentem ameaçados. Mas, no caso das crianças, não podia arriscar...

Só quando viu os filhos a salvo, bem longe, foi que minha avó desceu. Por sorte, a onça tinha sumido, sem atacar.

Mais tarde, quando contou o que tinha visto, as crianças ficaram assanhadas. Queriam subir novamente para ver a onça. Imagine se vovó ia deixar...

Os filhos de vovó, bem orientados por ela, eram bons, mas davam trabalho e preocupações.

Mamãe contava que era um custo levar um dos mais jovens para o colégio interno. Minha avó o levava de charrete para a cidade e o deixava no colégio. De tarde, ela voltava, cansada, depois de ter ido ao banco, feito compras e cuidado dos negócios. Ao chegar, a primeira pessoa que via, abrindo a porteira para ela era... ele mesmo.

O garoto pedia carona aos conhecidos e sempre chegava antes da mãe.

Isso aconteceu muitas vezes. Cansada desse vaivém, vovó desistiu e meu tio ficou na fazenda, como desejava. Mais tarde, arrependido da vadiação, ele recomeçou os estudos e conseguiu recuperar o tempo perdido.

Tio Arlindo, o mais moço, não deu trabalho para estudar. Mas, com 17 anos, fugiu de casa e, mentindo sobre a idade, se alistou para lutar na Revolução de 32.

Quando vovó descobriu, não pôde fazer nada, ele já estava longe. Tudo terminado, o rapaz voltou são e salvo, parece que até ganhou uma medalha.

Vovó não ganhou nenhuma. Só ganhou noites de insônia e aflição, e muitos cabelos brancos.

A gente se divertia com os tios mais jovens na fazenda durante as férias. Tio Sílvio era moreno, muito alegre e bonito. Divertia a criançada mostrando como ia dançar com a namorada nos bailinhos de todos os sábados. Ao som do piano de tia Marina, ele rodopiava pela sala abraçado a uma... vassoura!

Tio Arlindo, de cabelos claros e olhos sonhadores, tocava violão e cantava muito bem. Todas as garotas se apaixonavam por ele. Até eu...

As tias, irmãs de minha mãe, ainda eram solteiras e muito alegres. Os filhos de tio Joaquim e de tio José eram nossos companheiros de reinações.

Muita gente vive dizendo que sua vida daria um romance. Vovó nunca disse isso, mas acho que teve uma vida bem movimentada, cheia de aventuras. Ela é a minha heroína predileta.

O casamento

*No meu trem das alegrias
tristezas não vão entrar
pois um lugar, todo dia,
para ti vou reservar.*

Eliette P. Ramos

A família inteira se preparava para o casamento da prima Clélia.

Eu andava sonhando com um vestido branco, rodado, com uma faixa de cetim cor-de-rosa na cintura. Tinha visto um assim numa festa e a garotinha que o vestia parecia uma princesa de contos de fadas. Mas minha mãe disse não. O meu vestido de tafetá azul estava novo...

Chorei, disse que não ia mais, emburrei três dias inteirinhos. Vovó soube e disse:

— Não seja boba. Quem vai ao casamento é você e não o seu vestido. Se estiver alegrinha, estará bonita e ninguém vai reparar no que veste. Nunca se deve perder uma festa por causa de roupa.

Acabei me conformando. Com a condição de não me obrigarem a colocar no cabelo aquele laço de fita enorme que mais me escondia do que enfeitava.

Eu devia ter desconfiado de vovó quando ela disse "quem vai à festa é você, não o vestido".

Ela ia estrear vestido novo, presente dos filhos. Era de seda lilás, todo plissado e com cinto de cetim. Tia Cinira, que entende de moda, é que falou em plissado, eu nem sabia o que era isso... Fiquei sabendo que são pregas estreitinhas e permanentes, que não se desmancham. Os sapatos eram de verniz, de bico fino, com bolsa combinando.

À noite, quando vovó experimentava o vestido, eu entrei no seu quarto e vi que ela não estava gostando daquela roupa.

Até que parecia mais moça, mais moderna... Mas não era a vovó que a gente conhecia. Aquele não era o seu estilo e ela sabia muito bem disso. Embrulhou o vestido em papel de seda e o colocou cuidadosamente na mala.

Partimos. Dessa viagem não me lembro quase nada. Também, eu só pensava na festa...

Minha avó dizia que a gente faz muito isso na nossa vida: vive no futuro, esperando alguma coisa... É bom ter esperanças, mas não se pode exagerar, esquecendo de aproveitar o presente.

Vovó tinha caprichado no traje de viagem. Estava com o conjunto de seda cinza e uma blusa de bolinhas (de *pois*, "ervilha", em francês, como dizia tia Cinira) e sapatos novos, macios e confortáveis, tipo *tressé*. Tia Cinira disse que *tressé* quer dizer "trançado" e o sapato era mesmo todo trançadinho em cima.

Tio José foi nos esperar na estação, pois dessa vez havia mais gente, mais bagagem, mais confusão. Tanta confusão que ninguém reparou que a mala grande de vovó tinha desaparecido.

Chegando em casa dos tios, demos por falta dela.

E agora? O vestido do casamento estava justamente naquela mala. Não adiantava voltar à estação e reclamar, o trem já estaria longe.

— A gente vai encontrá-la na volta — disse vovó com seu eterno otimismo.

Disse também que "o que não tem remédio, remediado está". E encerrou o assunto.

Foi se aprontar para o casamento. Passou com capricho o costume da viagem, tirou da maleta de mão um lindo laço de rendas que prendeu na gola com um broche de pérolas, escovou muito bem o cabelo. Com as faces coradas de emoção e alegria de rever os parentes, lá se foi, simples e linda.

Minha mãe tinha recomendado: "Não deixe sua avó sozinha muito tempo".

O que ela queria dizer de verdade era: "Não fique longe de sua avó e não me faça nenhuma reinação".

Mamãe sabia muito bem que era impossível deixar vovó sozinha. Onde ela chegava, ficava logo rodeada de gente.

Dessa vez foi demais! Eu nem podia chegar perto para largar no colo dela minha bolsa, fivelas ou balas para ela guardar.

Os parentes faziam uma roda em volta de vovó. Era um sair, chegava outro. Diziam: "Tia Mariquinha, este aqui é meu filho mais novo". "Tia Mariquinha, quero apresentar meu marido." Foi assim o tempo todo: Tia Mariquinha pra cá e pra lá.

A certa altura, vi um senhor, que eu não conhecia, perguntando ao pai do noivo:

— Quem é aquela senhora sempre rodeada de gente? É mãe de algum político? É muito rica ou importante?

— Rica ela não é, nem ligada à política, mas é muito importante sim. Dona Mariquinha é importantíssima.

Eu me senti muito feliz. Pelo comentário e porque tinha reparado que o vestido da daminha de honra era muito parecido com o meu. Só que era verde, da cor dos olhos dela. Portanto, eu estava na moda. Bem que tia Cinira tinha dito e eu não quis acreditar.

Nisso, a noiva surgiu na porta da igreja e a marcha nupcial começou, tão bela e imponente que me encantou.

Quando ela entrou todos os chapéus se viraram para trás, as cabeças sem chapéu também. As mulheres sorriam com saudade, pensando no seu casamento, já passado. As jovens sorriam com esperança, pensando no seu futuro casamento. As avós sonhavam com o casamento das netas e as netas, crianças como eu, sonhavam... com os doces, depois da igreja.

O casamento foi lindo, igual a muitos casamentos, menos num detalhe: o noivo não encontrava as alianças!

Era distraído e seus amigos haviam recomendado: "Não vá esquecer as alianças...". Ele tinha garantido que não esqueceria.

E não esqueceu. Estava certo de que as colocara no bolso do fraque. E procura que procura, mas nada... O padre esperando, a noiva esperando, o noivo ficando cada vez mais nervoso.

Muito viva, minha avó percebeu logo o problema. Na última hora, ela havia sido conduzida para o lado do altar: a noiva tinha mandado dizer que a queria por perto.

E antes que a situação se tornasse mais desagradável, vovó agiu. Discretamente, passou para a dama de honra que estava na sua frente duas alianças. Ela sempre usava a sua junto com a que pertencera ao vovô, como todas as viúvas de antigamente. A daminha, muito esperta, levou as alianças imediatamente para o padre.

Foi assim que a Clélia recebeu uma aliança com o nome de Cassiano e o Celso a que tinha o nome de Maria...

Depois ficamos sabendo que as alianças do casalzinho não foram mesmo esquecidas. Tinham caído no forro do fraque: o bolso estava furado...

No dia seguinte, voltamos para nossa cidade.

O chefe do trem era o mesmo da ida. Logo que nos viu, ele disse:

— Dona Maria, a mala que a senhora pediu para guardar está aqui. Não vá se esquecer dela quando desembarcar.

Vovó agradeceu (muito corada!) e se dirigiu, firme, para o nosso lugar.

Sentou-se, séria e empertigada. Mas logo me olhou de lado e deu uma risadinha. Eu, morrendo de vontade de rir, não aguentei mais. Ri até chorar, e vovó me acompanhou nesse acesso de riso.

Ela encontrara um jeito de não usar o vestido novo sem magoar os filhos. E o caso da mala "perdida" ficou sendo o nosso grande segredo.

Na sala de espera: a gaiola dourada

*Que tenhas, todos os dias,
um ano bom, sem tristezas,
e o teu trem das alegrias
com janelinhas acesas...*

Otávio Venturelli

Num fim de semana ensolarado, vovó adiou nossa viagem para esperar a visita de uma afilhada muito querida. A moça viria com a filhinha, que tinha paralisia infantil.

Eu protestei:

— Queria tanto passear! Sinto falta do nosso trem, das nossas viagens!

— E se desta vez a gente fosse viajar na máquina do tempo?

Pensei que ela estivesse falando de uma história de ficção científica.

— Não, vovó, esse livro eu já li...

— Não estou falando de livros, mas de ação. Venha me ajudar nas arrumações e daremos uma volta pelo passado.

De pôr em ordem o meu quarto, eu não gosto muito. Mas a casa de vovó é cheia de mistérios e surpresas. Fiquei animada:

— No que vamos mexer primeiro?

— Você escolhe: gavetas, estantes ou armários?

Das gavetas eu tinha certeza de que iam sair mil coisas adoráveis: presentinhos guardados com amor, lencinhos, leques e luvas, cada um com sua história. E as cartas? Eu sabia que vovó não ia resistir, ficaria lendo uma ou outra, recordando, rindo... E chorando também.

Melhor não arrumar as gavetas.

Livros eram outra grande atração. Eu sempre acabava ganhando os mais interessantes. As revistas também eram fascinantes. Quem resiste a revistas antigas?

Vovó falava em se desfazer delas porque ocupavam muito espaço. Mas eu sabia que a gente ia passar o dia folheando uma por uma, comentando e se divertindo. No fim, guardaria todas no mesmo lugar.

Melhor não lidar com revistas.

Resolvi:

— Vamos arrumar o armário das louças.

Minha avó concordou, mas lançou um olhar culpado para a estante dos livros que ela amava.

— Como estão empoeirados! Preciso explicar a eles que é só por falta de tempo que não faço uma boa limpeza nas estantes.

Fiquei espantada. Sei que muita gente fala com suas plantas porque é bom para o crescimento delas. Mas livro não cresce...

— Você fala com os livros, vovó? Quem disse que eles entendem?

— E quem disse que não?

Olhei receosa para os livros. Os meus, então, deviam estar zangadíssimos comigo. Andavam numa bagunça de dar pena.

Eu não tinha (não arranjava) tempo para arrumações. Nas horas de folga, corria sempre para a casa de vovó.

Na verdade, mesmo naquele momento eu não estava com vontade de trabalhar. Queria era rever, segurar em minhas mãos, admirar certos objetos que vovó guardava. Como a xicrinha com formato de amor-perfeito. Triangular, cada face era formada por uma flor roxa e amarela. Por dentro, toda dourada. O pequeno pires imitava uma folha.

Havia também um pierrô tristíssimo, de branco, com pompons pretos na blusa e no gorro. Tinha feições primorosas e uma lágrima preta no canto dos olhos. Estava reclinado e choroso na tampa de uma caixa redonda de pó de arroz.

Eu gostava muito daquelas xícaras grandes, de cores suaves, com flores em relevo. Na parte da frente estava escrito, em letras douradas: "Lembrança", "Saudade" ou "Amizade".

Coloquei bem perto um do outro os dois banquinhos de louça enfeitados de flores. Num deles, uma dama antiga, de vestido armado nos lados ("com anquinhas", explicou vovó) e penteado alto, aguardava... No outro, um jovem de calções curtos e meias brancas, cabelo amarrado atrás com uma fita preta, não se resolvia... Estavam namorando há muitos anos, e nada!

Outra dama de antigamente, com flores no cabelo e vestido pelos pés, tocava num pianinho de porcelana. Tinha um ar de enlevo... a música devia ser linda... Que pena eu não poder ouvi-la também!

— Você vai trabalhar ou só olhar? — ralhou vovó, que estava fazendo tudo sozinha.

Peguei uma flanela e fui tirando o pó daqueles belos enfeites. Bem devagarinho para apreciá-los melhor. Foi então que encontrei, na última prateleira, uma coisa tão linda que me fez esquecer todas as outras.

Era uma pequena gaiola dourada, parecendo de verdade, só que era mais bonita e delicada. Lá dentro, um passarinho de mentira, o mais lindo e "verdadeiro" que eu tinha visto.

Vovó deu corda e ele se pôs a cantar. O biquinho se abria e as penas do rabinho se mexiam!

— Que beleza, vovó! Como é que eu nunca vi essa gaiola?

— Tirei da caixa na semana passada para te mostrar e esqueci... A mola da caixinha de música estava emperrada e algumas penas do passarinho tinham caído. Felizmente, o Maurinho, filho de minha amiga Didi, que é um artista, restaurador de antiguidades, caprichou no conserto e ela ficou como nova.

— Onde você arranjou essa maravilha?

— Uma amiga me trouxe da França há muito tempo.

— Vamos colocar na sala? É bonita demais para ficar escondida. Parece que o passarinho está pedindo isso.

— Quem disse que sim?

— E quem disse que não? — respondi, imitando vovó quando falava dos livros.

O passarinho foi colocado na sala sobre a mesinha que fica perto da janela. Ele cantou para mim a tarde inteira. Nem é preciso dizer que vovó terminou as arrumações sozinha...

As visitas chegaram domingo de manhã.

A afilhada de vovó era moça e bonita, mas meio tristinha. Devia ser por causa da filha, uma menina de oito anos com as pernas num aparelho que achei horrível.

Vovó fez a maior festa com as duas.

Inventamos muitas brincadeiras para distrair Martinha, que não podia correr lá fora.

Surgiram das gavetas jogos de armar, cadernos de tinta mágica, lápis de cor, aquarelas, pincéis, baralhos de bichinhos. Vovó ainda desencavou brinquedos antigos dos filhos. Muito bem conservados, como o bebê grande de celuloide, tão perfeito que de longe a gente confundia com uma criancinha de colo. Apareceu também um cachorrinho de pelúcia, branco e marrom, que latia quando a gente apertava a barriga. Dele, é claro...

Martinha estava feliz. No dia seguinte, iria para a capital e seria operada mais uma vez, porém não sabia disso.

Mas uma vizinha, bem-intencionada, quase estragou a festa. Ela entrou, muito amável, abraçando e beijando todo mundo. Perguntou:

— Em que hospital ela vai ser operada? Vou rezar muito pela Martinha.

A garota arregalou os olhos.

— Eu não quero ser operada, não quero ir para o hospital. Que operação é essa, mamãe?

Chorava de dar pena e havia desespero nos seus olhinhos.

Eu disse como consolo:

— Já fui operada. Todas as minhas amigas queriam operar a garganta para tomar bastante sorvete.

Martinha parou um pouco de chorar.

— Você tomou?

Eu devia ter mentido, mas, como me ensinaram que é feio, fui sincera:

— Não tomei porque não podia engolir nada. Minha garganta doía pra burro...

Ela recomeçou a chorar. Gritei, mais alto que o choro:

— Mas foi bom porque ganhei uma porção de presentes.

— Eu quero presentes mas não quero sentir dor.

Vovó pôs Martinha no colo:

— Não vai haver dor nenhuma. Sabe como é quando você vai dormir e acorda no dia seguinte sem saber de nada que aconteceu durante a noite? Você, dormindo gostoso, nem viu sua mãe entrar no quarto e ajeitar suas cobertas, nem ouviu a conversa das visitas na sala. A operação vai ser assim. Você toma um remedinho, adormece e no dia seguinte estará tudo terminado. E suas pernas ficarão muito mais fortes.

Olhando para o rosto bondoso de vovó, ouvindo sua voz amiga, ninguém duvidava dela. Martinha sossegou. Seus olhinhos brilharam de esperança.

— E os presentes, eu vou ganhar mesmo?

— Vai, sim, e pode começar agora. Eu não comprei nada de especial porque não sabia que você era tão valente e que ia ser operada sem choro e sem medo. Mas você pode escolher o que quiser da minha casa, será seu.

— Verdade? Qualquer coisa?

— Verdade verdadeira.

Ofereci a Martinha um de meus livros mais novos, que ela aceitou meigamente. Depois tentei ajudá-la a escolher os brinquedos mais bonitos. Mas ela não se interessou. Já tinha feito sua escolha... De repente apontou para a janela:

— Quero aquilo.

Era o meu passarinho!

Minha avó e eu tínhamos esquecido que ele estava ali, que podia ser escolhido...

Na verdade, ele não era meu ainda. Mas eu tinha a secreta esperança de ganhá-lo no próximo aniversário, ou no Natal.

Acho que vovó também pensava nisso, porque nós duas ficamos pálidas.

Promessa é dívida...

Martinha estava mais feliz, mais leve, mais saudável quando partiu levando a minha gaiola dourada.

Comecei a chorar sem querer e a garota, lá da calçada, gritou para mim:

— Não chore, Claudinha. Logo eu volto sarada e vamos brincar de pegador.

Chorei mais ainda, de vergonha, porque não chorava por ela e sim pelo meu passarinho cantador que estava perdendo para sempre.

Depois que elas se foram, enxuguei as lágrimas e resmunguei:

— Quem é doente sempre leva vantagem.

Vovó olhou para mim severamente, mas não disse nada. Fui para casa com o coração pesado.

De tarde estava brincando de pular corda com minhas amigas. Pula daqui, pula dali, de repente entrei de mau jeito na corda em movimento, caí e ralei o joelho.

Fiquei alguns minutos abaixada, não sei se era por causa da dor ou pela vontade de chamar atenção.

As amigas queriam me levar para minha casa, mas não aceitei. Fui, mancando um pouco, para a casa de vovó, que era perto.

Ela viu logo que eu precisava mais de agrado que de remédio. Me pôs no colo, fez um curativo no arranhão, me agradou e consolou.

Eu disse, sem olhar para ela:

— Hoje eu falei uma bobagem tão grande! Acho que Deus me castigou...

— Deus não castiga. Criança cai todos os dias, mas acho que deu para você imaginar o que é ficar anos com as pernas inutilizadas, talvez a vida inteira.

— Posso imaginar, sim, vovó. Coitada da Martinha! Eu não queria estar no lugar dela nem se ganhasse mil gaiolas de ouro.

Vovó balançou a cabeça me aprovando. Continuei, muito séria:

— Obrigada pelo curativo, doutora dona Maria.

Depois perguntei, rindo:

— Não vou ganhar nada? Isto também é uma operação.

— E precisa? Já não chega ter essas pernas fortes, essa saúde de ferro? Levante as mãos para o céu todos os dias. Fique sabendo que para esse tipo de operação só dou um beijinho, e chega. Vá para casa, que já sarou. E faça uma carinha alegre.

Saí rindo, quase esquecida do meu desgosto. Quase... Porque nunca poderei esquecer aquele passarinho de que gostei tanto.

Mas resolvi que não ia chorar mais por causa dele.

Vovó disse que ficar triste significa falta de confiança em Deus.

O assaltante

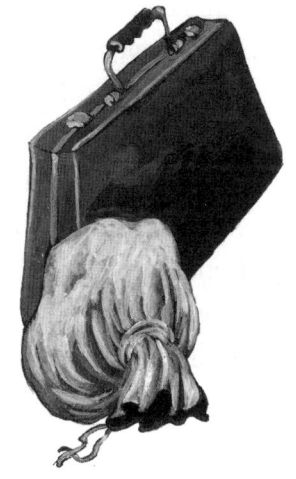

*As janelinhas da infância
vão acesas... e elas têm
tanto brilho que a distância
iluminam todo o trem.*

Izo Goldman

Na vida da gente não acontecem coisas interessantes todos os dias. Mas há dias especiais que, por serem diferentes dos outros, ficam na nossa lembrança. Nas minhas viagens com vovó também era assim.

Certa vez viajamos de noite, o que foi uma grande novidade para mim. Gostei de ver as luzes das cidades brilhando ao longe e a claridade das janelinhas de uma ou outra casa perdida no meio dos campos.

Nosso trem também devia ser bonito, visto de longe. Se uma criança pudesse vê-lo do alto, deslizando pelo caminho sinuoso do vale, ia achar que ele parecia uma cobra enorme, de mil olhos acesos.

Naquela noite, viajava ao nosso lado o seu Tomás, funcionário de um banco da cidade. Ele nos contou mais tarde que ia levando uma grande quantidade de dinheiro na sua pasta.

Para não despertar curiosidade, ele a colocou, como se fosse uma bagagem qualquer, no porta-malas por cima dos bancos. Mas não a perdia de vista. Abriu um jornal, mas continuava prestando atenção na pasta e no movimento dos passageiros.

Na estação seguinte, entrou um homem barbudo e malvestido que ficou parado um bom tempo na entrada do vagão, examinando os bancos e seus ocupantes. Depois, veio devagar para o nosso lado e sentou-se em frente ao seu Tomás. Sua bagagem, um saco de pano grosseiro, ficou bem ao lado da pasta de dinheiro.

Seu Tomás se recostou como se fosse cochilar, mas vigiava disfarçadamente seu companheiro. Vovó, que parecia não ver nada além do seu crochê, estava muito atenta aos movimentos daqueles dois. Como se desconfiasse do perigo que a gente corria.

O homem barbudo estava cada vez mais inquieto. De vez em quando, olhava para a pasta do dinheiro. Sentava-se na beirada do banco, como se fosse levantar-se de repente, depois se recostava, desistindo... Tentava dormir, mas logo logo seus olhos estavam de novo presos lá em cima por uma irresistível atração...

"É agora, ele vai se levantar e pegar minha pasta", pensava seu Tomás. Mas o homem perdia a coragem, mudava de posição no banco, começava a cochilar... Seria fingimento?

Seu Tomás suava frio. Aquele barbudo sem parada só podia ser um assaltante. Naturalmente, tinha visto quando ele saíra do banco. E o seguira, tomara o mesmo trem e só esperava uma oportunidade para assaltar e fugir.

Podia acontecer na próxima parada. Logo que o trem diminuísse a marcha, ele pegaria a pasta e saltaria antes da estação.

Seu Tomás estava nervoso, mas pronto para resistir.

De repente, como se não pudesse esperar nem um minuto mais, o homem esquisito se pôs de pé e estendeu o braço para cima.

Seu Tomás já estava com a mão no revólver, escondido no bolso. Nesse instante, aconteceu o inesperado.

Ele nos contou depois que achou um absurdo a atitude daquela senhora, que conhecia apenas de vista. Ela simplesmente colocou na sua frente um pratinho de doces! Aquela não era hora para doces...

Enquanto seu Tomás se atrapalhava, com raiva de vovó, o momento de atirar tinha passado...

Mas o barbudo não se apoderou da pasta, como ele temia. Apenas pegou, com a pressa de um esfomeado, o saco de pano. Tirou dele um enorme pedaço de pão com queijo, que começou a comer com grande apetite. Não sem antes oferecer o seu jantar para o espantado seu Tomás e para nós.

Não demorou muito, vovó disse que estava com vontade de tomar chá. Fomos ao carro-restaurante.

Seu Tomás pegou sua pasta e foi atrás de nós. Pediu licença, sentou-se à nossa mesa e agradeceu mil vezes a intervenção corajosa de vovó. Se não fosse ela, teria matado ou ferido um homem inocente.

Achei que vovó estava tremendo um pouco. Devia ser por causa do balanço do trem...

Ela e seu Tomás tomaram aquele chá verdinho que chamam de chá de estrada. O nome não quer dizer que a gente toma esse chá nas viagens. O motivo é outro: em muitas estradas, há grandes moitas de erva-cidreira dos dois lados...

Tomei guaraná e não derramei nem uma gota. Afinal, não é tão difícil comer no carro-restaurante! Eu me sentia muito importante por estar ali e porque era a única criança acordada até aquela hora.

O trem corria, ticutum, ticutum, ticutum, e de vez em quando seu apito soava, longo e triste. Para mim, era alegre. Tudo me parecia alegre naquele vagão bem iluminado: as mesinhas de toalhas alvas, os vasinhos de flores, os movimentos ágeis dos garçons, o tinir dos talheres, o som das vozes e risadas.

Aquele chá devia ser muito bom para os nervos. Conversando animadamente com vovó, seu Tomás parecia outra pessoa. Ficaram amigos, e ele costumava me dar chocolates todas as vezes que a gente se encontrava.

Mais tarde, sempre que eu via erva-cidreira me lembrava do seu Tomás e do assalto que não houve...

E também me lembrava, com saudade, do nosso trem varando a escuridão com todas as janelinhas acesas.

Bolinhos de chuva

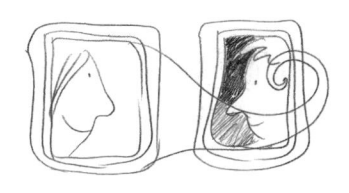

*Vendo a alegria que existe
no trem que você conduz,
o meu trem, outrora triste,
tornou-se cheio de luz!*

Carlos Guimarães

Criança não gosta muito de chuva.

Eu também reclamava dos dias chuvosos porque não podia brincar no quintal. Resmungava: "Como chove!". E cinco minutos depois: "Será que não vai parar?". Dez minutos mais tarde: "Continua chovendo...".

Vovó caçoava:

— Está chovendo lá fora. Aqui dentro faz bom tempo. Ou não?

— Não entendi...

— Quero dizer que aqui dentro o tempo pode ser bom ou ruim, depende de você... A gente pode passar um dia de chuva de duas maneiras: aborrecendo-se porque a chuva não passa (e mau humor nunca fez chuva parar), ou aproveitando o tempo e se divertindo. Quando perceber, a chuva passou.

— Eu prefiro me divertir, lógico, mas o que a gente pode fazer de bom dentro de casa?

— Ler, ouvir música, pintar, pôr em ordem seu álbum de selos...

— Não estou com vontade de fazer nada disso.

— Então vamos fazer bolinhos de chuva.

— Eles são feitos de chuva mesmo?

— Ai, Claudinha, por que é que você tem que tomar tudo ao pé da letra? Claro que são feitos de farinha, leite e ovos, como os outros. Mas eu costumava fazê-los quando chovia para distrair meus filhos pequenos. São também chamados de bananinhas.

— Então vamos, vovó. Depressa.

Ela preparou rapidamente a massa, que foi enrolando, com a minha desajeitada ajuda, no formato de pequenas bananas. Enquanto ela fritava uma porção, eu colocava açúcar e canela em pó sobre os que já estavam prontos.

Enrolando a massa, fritando, polvilhando, conversando e comendo, ficamos ocupadas boa parte da tarde. Quando chegou a hora de ir para casa (com um prato cheio de bolinhos) é que me lembrei da chuva. Tinha passado!

Em outro dia chuvoso, minha avó me ensinou a fazer arroz-doce com bastante leite e ovos.

Comido ainda quente, ao calor do fogão de lenha e temperado com as histórias de vovó e os "causos" da empregada, o arroz-doce é um acontecimento inesquecível.

Começei a gostar dos dias de chuva.

Eles podem ser bons também para viajar.

O dia do aniversário de tio Joaquim amanheceu chuvoso e minha mãe se admirou de ver vovó arrumando as malas.

— Vocês vão com esse tempo!?

Minha avó deu risada.

— Vamos, não temos outro. Além disso, no trem não chove.

— Mas mamãe...

Ela ignorou todos os "mas" e "poréns" das filhas. Bem agasalhadas, saímos, contentes. Viajar com chuva para mim era novidade e eu sempre gostei de novidades.

Achei tudo muito divertido. Todo mundo entrava no trem de mau humor, carregando guarda-chuvas que pingavam e capas úmidas. Mas as crianças, estufadas de agasalhos, estavam animadíssimas. Pelo caminho tinham metido os pés em tudo que era poça d'água. Lá dentro, grudavam os narizinhos nas vidraças, riam de tudo e faziam um alegre pedido: "Chove mais, chove mais...".

Nesse dia, mal entramos, vovó pediu chá, que um garçom nosso conhecido trouxe rapidamente. Ficamos aquecidas e contentes, enquanto o trem disparava, fechado e quentinho.

Quase não se via nada lá fora. Para me distrair, vovó inventou um concurso de charadas. Para mim e duas meninas que viajavam perto de nós.

— O que é o que é?

Cai em pé e corre deitado?

Essa era fácil. A gente estava olhando para ela...

— É chuva — gritei.

—O que é o que é?

Uma caixinha
de bom parecer
não há carpinteiro
que possa fazer?

Podia ser tanta coisa! Demos muitos palpites, mas ninguém acertou. Vovó acabou contando que era amendoim. Sua casca é uma caixinha que ninguém consegue fazer igual.
— O que é o que é?

Casa caiada
lá dentro amarela;
telhado de vidro,
ninguém mora nela?

Branca e amarela... Minha nova amiga, Adriana, desconfiou:
— É ovo.
Gosto muito de adivinhações, e mais ainda daquelas que têm uma resposta-surpresa. Como esta que vovó contou:
— Um homem tem um cachorro, muito bravo, que de dia vive preso numa corrente. De noite, ele fica solto. Como se chama esse cachorro?
Tentamos todos os nomes, possíveis e impossíveis. Ninguém acertava!
— Afinal, como é o nome dele?
Vovó riu:
— Não perguntei o nome... Perguntei: Como a gente chama o cachorro? Ora, ele é bravo. Então, chamamos *de longe*...
— Faça outra pergunta desse tipo, vovó.
— Um garoto estava andando no parapeito de um terraço do segundo andar. De repente, perdeu o equilíbrio e caiu lá embaixo. Contra o quê ele caiu?
— Um monte de areia.
— A grama.
— Uma árvore.
— O chão de cimento.

— Nada disso — corrigiu vovó. — Ele caiu contra a vontade...

Maria Júlia, a outra nova amiga, se lembrou de uma adivinhação diferente, mas muito boa:

— Como é que se pode encher um barril e ele ficar mais leve?
— De paina?
— De algodão?
— De ar?
— Não, gente, não... De buracos...

Quando nos cansamos de charadas e adivinhações, vovó nos ensinou palavras que são iguais de trás para diante e de diante para trás. Podem ser lidas da esquerda para a direita ou da direita para a esquerda, tanto faz. Como *Asa, Ele*.

— *Ana!* — gritou Adriana.
— *Ala* — gritei eu.
— *Oco* — gritou Julinha.
— *Coco* — gritou Mauro, o irmão delas.
— Não, meu bem — corrigiu vovó. — *Coco* ao contrário seria *ococ*. Não serve.

Ele pensou um pouco.

— *Ovo...*
— Muito bem — aplaudiu minha avó. — Agora uma frase. É mais difícil de encontrar:

Socorram-me, subi no ônibus
em Marrocos.

Será que era mesmo igual de trás para diante? Peguei papel e caneta, comecei pelo fim, no "s" de Marrocos e cheguei a... Marrocos. Igual! Igual!

Adoramos essa frase maluca.

●

Vovó fazia também concursos de histórias. Uma jovem que viajava no banco da frente pediu licença para entrar na brincadeira. E contou uma história de amor que me impressionou muito. Nas palavras do autor[1] ela deve ser muito mais bonita, mas vou contar o principal, do jeito que escrevi no meu diário para não esquecer.

•

"Um rapaz e uma moça, muito pobres, viviam com dificuldades logo após seu casamento. O que eles possuíam de mais precioso, além do seu amor, era um relógio de bolso que o rapaz tinha herdado de um parente.

Mas ele não podia usar aquela maravilha porque não tinha uma corrente para o relógio. Outro tesouro deles era o lindo cabelo comprido da garota. O marido adorava aqueles cabelos.

O Natal estava chegando e os dois ficaram tristes porque não podiam dar presentes um para o outro.

Mas um dia cada um deles teve uma ideia brilhante, que conservou em segredo. Saíram às escondidas, cada um para o seu lado, na véspera do Natal.

Ela voltou primeiro, corada e contente, parecendo ainda mais jovem. Estava diferente...

Quando o rapaz chegou e olhou para a sua mulherzinha, teve um choque: aquela cabeleira linda tinha desaparecido. Ela estava de cabelos bem curtinhos. E explicou:

— Não fique zangado comigo, meu bem. Estou tão feliz! Vendi meus cabelos e arranjei dinheiro suficiente para comprar um presente para você.

E entregou ao jovem uma caixinha que ele abriu, admirado. Era uma bela corrente para o relógio.

Ele mal conseguia falar de tanta emoção, e entregou também o seu presente.

— Acho que você não vai poder usar...

---

[1] O. Henry, famoso contista norte-americano.

Ele tinha comprado as maravilhosas fivelas de tartaruga que a esposa sempre desejara para prender seus longos cabelos.

— São lindas! E tão caras! Não faz mal, meu cabelo cresce depressa. Vamos ver como fica o seu relógio com a corrente.

— Não vai dar, meu amor. Vendi o relógio para comprar as suas fivelas..."

●

A festa de aniversário do tio Joaquim foi ótima. Falei com minhas primas sobre nossas aventuras "chuvosas". Uma delas disse:

— Você é esquisita mesmo! Nunca vi ninguém gostar de chuva.

Respondi, dando risada, como se estivesse falando das férias:

— É porque eu passo minhas chuvas com vovó...

A moça que chorava

*Ah! fosse a vida esse trem
todo alegre que imaginas!
Nele as tristezas, porém,
sempre embarcam, clandestinas...*

Waldir Neves

Uma vez, enquanto a gente esperava o trem, reparei naquela garota de ar triste. Ela olhava ansiosa para a porta da estação. Foi só nos últimos momentos antes da partida que chegou o rapaz esperado.

Nessa época, eu prestava mais atenção nos namorados porque já tinha um namorado. Era do colégio. Ninguém sabia, nem ele...

Adorava o dia de aula de música, porque passava pela classe do Carlos. Para evitar bagunça, os meninos entravam primeiro, as meninas depois. Por isso, quando seguíamos pelo corredor em direção ao auditório, o Carlos já estava na sua carteira. Eu passava e dava uma boa olhada, mas acho que ele nem me via. Era um garoto moreno, de cabelos pretos e lisos e dois olhos lindos. Que bobagem dizer isso! Todo mundo tem dois olhos... Mas nem todos os olhos são bonitos, escuros e vivos como os olhos do Carlos.

Eu ia para a aula com o coração cantando. A professora de música tinha a mania de dar solfejo. Ninguém gostava, porque a turma não sabia ler música. Todos cantavam de cor, ou por imitação...

Dona Alice batia com a varinha na mesa.

– Atenção! Exercício nº 1. Compasso binário. Um, dois e TRÊS.

Cantávamos junto com ela:

Dó, ré, mi, dó, ré,
Dó, mi, ré, mi, dó.
Dó, mi, ré, mi, dó,
Mi, ré, mi, dó, mi, ré.

Que coisa mais sem graça! Depois vinha outro solfejo, igualmente sem interesse.

Repetíamos tudo, mecanicamente. Eu, com o pensamento longe: no fim da aula, quando teríamos que passar pelo pátio e o Carlos estaria saindo da classe. Passaria pertinho dele. Daria para uma olhadinha rápida, disfarçada. Só isso, mas era tão bom!

Porque estava interessada em namoros, reparei naquela moça acompanhada pelo pai na estação.

Quando o rapaz chegou, ela não ficou alegre. Não havia em torno deles aquele ar (é "aura", ensinou vovó quando comentei o caso)... aquela aura diferente, de enorme felicidade, que a gente vê no rosto dos que estão apaixonados.

A moça se despediu do pai com afeição. Com frieza, do namorado. E não ficou acenando.

Durante a viagem, ela chorou o tempo todo.

O chefe do trem, impressionado, perguntou se ela estava doente, se precisava de alguma coisa. Ela só abanou a cabeça e tornou a se virar para o lado da janela. Com a mão na testa para disfarçar, continuou chorando.

Ficamos com muita pena, mas vovó não fez nada. Disse que a moça parecia ser tímida e com certeza preferia ficar sozinha.

Quando chegamos em casa, eu continuava impressionada com a tristeza de nossa companheira de viagem. Vovó então me contou o que ela imaginava que tivesse acontecido:

— Você sabe que hoje é o último dia de férias. Com certeza aquela jovem leciona no interior e está deixando sua cidade para trabalhar. Ela fez muitos planos para esse último dia, o que incluía passar o maior tempo possível com o namorado, porque vão ficar uma temporada sem se ver. Mas ele não apareceu o dia todo... Só foi à estação no último momento. Era domingo, ele não estava trabalhando, mas provavelmente não quis perder o jogo de futebol. Ou foi viajar com os amigos. Enfim, não estava interessado em passá-lo com a namorada. E só apareceu quase na hora da partida. Ele parecia estar dando explicações que não foram bem recebidas. Ela, orgulhosa, se manteve fria até embarcar. Depois, chorou o tempo todo da viagem.

— Você não podia fazer nada?

— Bem que eu gostaria, mas fazer o quê? Ele não tem amor suficiente, ela já percebeu... O casal não combina, não vai dar certo nunca.

— Como você sabe que é assim?

— Não sei, apenas imagino, porque tenho muita experiência da vida. Um dia você vai entender.

Tem tanta coisa para eu entender mais tarde que, quando crescer, vou passar todo o meu tempo entendendo...

Mas dessa vez vovó se enganou. De namoros, eu já entendia um pouco...

E porque entendia e podia imaginar o que ela sentia, fiquei feliz quando encontramos aquela moça numa outra viagem.

Foi algum tempo depois.

Ela estava com um rapaz alegre e muito carinhoso. Havia em torno dos dois algo especial: todo mundo podia ver que estavam apaixonados.

Cochichei para vovó:

— Que aconteceu? Ela parece que ficou mais bonita! Será por causa do cabelo comprido?

— É verdade. Ela está radiosa! É o amor e a alegria que a deixam tão linda. Um dia você vai entender, meu bem.

Fiz que sim, rindo por dentro. Ah, vovó, você, tão esperta, não desconfiou que sua neta está crescendo?

Quando descemos, passamos pelo casalzinho e ela olhou para mim sorrindo. Gente apaixonada ri à toa...

Senti um impulso irresistível, não aguentei e disse:

— Por favor, não vá cortar o cabelo.

A moça me olhou com estranheza. Com certeza não entendeu nada. É que eu estava pensando naquele casalzinho da história dos presentes de Natal. E fiquei preocupada.

Esse novo namorado parece capaz de qualquer sacrifício para agradá-la. Talvez não seja rico e esteja economizando para lhe comprar um presente. E se ele escolher fivelas de tartaruga? É melhor ela não cortar o cabelo...

Na sala de espera: dois mistérios

> *Com todo o carinho digo*
> *a todas as criaturas:*
> *— Quando se tem um amigo,*
> *não há janelas escuras!*
>
> Alcy R. Souto Maior

Minha avó só tinha dois vestidos de passear: o preto e o cinza. E não adiantava ganhar outro, porque imediatamente ela dava um dos antigos. Quando os filhos reclamavam, a resposta era sempre a mesma:

— Já tenho dois, e só posso vestir um de cada vez. Muita gente não tem nenhum.

O pessoalzinho humilde da cidade, seus companheiros de viagem, ficava contente. Todos adoravam vovó. A Cida, uma empregada que mais faltava do que trabalhava, era uma de suas protegidas.

Tia Lourdes não se conformava:

— A Cida não merece o que você faz por ela. Quando você ficou doente, nem a gente pagando muito ela quis ajudar.

— Pode ser, mas, se formos contar merecimentos, quem é que merece alguma coisa? Por acaso eu mereço ter uma vida tão confortável e filhos bons como vocês?

Minha tia desistiu... Mas eu, convivendo com vovó diariamente, estava aprendendo a lidar com ela.

Certa ocasião, a gata de nossa vizinha teve sete gatinhos. Eu logo levei dois pra casa de vovó: o preto e branco, meu predileto, e mais um irmãozinho, que era para ele não se sentir solitário.

Vovó reclamara:

— Você vive trazendo bichos para cá e depois não cuida deles. Assim não é possível, Claudinha.

— Desta vez eu vou cuidar. Você vai deixar eu ficar com os bichinhos, não é? Eles também são nossos companheiros de viagem.

Vovó achou graça e deixou... Que remédio?

•

Por falar em roupas, me lembrei do velho misterioso.

Aconteceu num domingo sem viagem, porque minha avó não andava boa.

Eu estava na casa dela quando, pelo meio da tarde, ouvimos a campainha.

— Deixe que eu atendo — avisei.

Mas vovó, que não conseguia ficar deitada durante o dia, já estava na sala abrindo a porta.

O homem parado na calçada pediu:

— A senhora me dá um auxílio?

Ela entrou prontamente e voltou com dinheiro.

O homem agradeceu, mas não foi embora.

— Sei que é pedir muito... mas estou precisando de outra camisa. Tenho passado frio.

Vovó reparou que ele estava com roupas muito gastas, embora limpas. A camisa era de tecido ralo.

Entrando de novo, vovó pegou uma camisa de flanela que um dos netos tinha esquecido lá. Estava à espera do dono, muito bem lavada e passada.

O velho ficou feliz.

— Eu não pediria se não precisasse muito. Agora mesmo ganhei uma camisa quase nova de sua vizinha. Mas ela se enganou e me deu um tamanho de criança. Por sorte encontrei um garoto necessitado que ficou com ela.

Aquele homem não tinha conversa nem jeito de mendigo. Quem sabe estava numa fase difícil, pensou vovó.

— Boa sorte — disse ela, querendo entrar.

Ele perguntou:

— A senhora melhorou da dor nas pernas?

— Como sabe que tenho esse problema?

Ele não explicou. Disse apenas:

— Se quiser, posso entrar e fazer uma oração. Vai ficar completamente boa.

Deixar um desconhecido entrar em casa... Ela só com a netinha... Mas aquele velho tinha um jeito tão bom!

— Não tenha medo de mim — disse ele, como se tivesse lido o pensamento de vovó.

— Está bem. Entre, mas não demore muito. Meu filho está vindo pra cá, pode não gostar... Não quero que ele se zangue com o senhor.

Ele entrou na salinha com o maior respeito e dignidade. Concentrou-se, fez uma oração.

E, quando ia saindo, disse à vovó:

— Não se preocupe com seu sobrinho. Ele vai conseguir um bom emprego.

Vovó ficou admirada. Não tinha tocado em problemas familiares! Perguntou o endereço do homem com a intenção de continuar a ajudá-lo. Ele disse que morava no bairro do Castelo, ao lado de uma padaria, avenida principal, número 310.

No dia seguinte, ela estava melhor e muito contente. Mais feliz ainda ficou quando recebeu um telegrama do sobrinho que tinha viajado para o Rio de Janeiro. Finalmente, depois de muita espera, ele tinha conseguido o ambicionado emprego.

Vovó pediu a uma das filhas que a levasse ao Castelo. Queria conversar com o velho adivinho.

Percorreram o bairro de ponta a ponta. Encontraram a padaria que tinha o número 300. Mas o 310 não existia mais. Ficaram sabendo que ali morou um senhor idoso que tinha problema nas pernas. Um dia, desapareceu, a casa foi demolida, ninguém sabia o que acontecera.

Vovó fez amizade com dona Olinda, da padaria, que a convidou para um cafezinho. Conversa vai, conversa vem, dona Olinda falou de um médico muito bom que vovó devia procurar.

Foi o que ela fez na mesma semana. Sarou completamente.

Fiquei pensando se o velho não teria dado endereço errado de propósito. Não podendo mais ajudar pessoalmente minha avó, ele a encaminhou para um médico competente, com a ajuda de dona Olinda.

Será? Não será? O mistério continua até hoje...

Bem mais tarde, aconteceu outro fato estranho.

Foi num inverno muito frio. A família inteira teve gripe, menos vovó, que era uma fortaleza. Mas um dia até ela caiu de cama com febre alta. Era muito paciente, nunca se queixava de nada. Mas ficava cada vez mais inquieta.

– Preciso ficar boa logo para visitar minha mãe. Ela está precisando de mim.

Queria levantar-se, experimentar as forças, ver se podia viajar.

As filhas procuravam sossegá-la, mas ela voltava ao mesmo assunto: "Mamãe precisa muito de mim".

Parece que vovó estava adivinhando: sua mãe passava muito mal, os médicos não davam mais esperanças.

Bisavó Emiliana morava numa cidade perto da nossa. Era uma doce velhinha, pequena e magra, de olhos muito azuis.

Eu nem me lembrava de que vovó tinha mãe! Achava que as crianças e jovens é que têm mãe... Além disso, a bisavó era tão pequenina, como é que podia ter uma filha muito maior do que ela?

Era como o caso de D. Pedro II, velhinho, de barbas brancas, que era filho de D. Pedro I, que nas fotografias aparece bem moço. A gente achava que D. Pedro I era o filho e não o pai.

Vovó não sabia que sua mãe piorava cada vez mais, que a chamava e esperava por ela. Cada vez mais fraquinha, ela dizia com um sopro de voz:

– Estou esperando Mariquinha. Não vou embora sem ver Mariquinha.

Vovó estava sendo poupada das más notícias porque não tinha condições de se levantar.

Mas um dia ninguém conseguiu segurar vovó. Ela disse que ia ver a mãe, de qualquer jeito. Levantou-se e se arrumou penosamente. Minha mãe e minhas tias foram com ela.

Quando vovó entrou no quarto, logo percebeu que sua preocupação com a mãe era um aviso.

Ela estava no fim... Ao ver vovó, animou-se, segurou com força as mãos dela, apertou-as muito e disse:

– Como você demorou! Eu estava só esperando você, Mariquinha.

Foram suas últimas palavras. Em seguida, serenamente, ela partiu...

Vovó chorou muito, mas depois deu graças a Deus por ter chegado em tempo.

Até hoje tenho duas perguntas sem resposta:

Quem avisou vovó da doença de sua mãe?

Quem era aquele velho misterioso?

A última viagem

*Pelos trilhos da distância,
meu trem, contando estações,
nasceu do vagão da infância
e hoje tem quinze vagões.*

Cipriano F. Gomes

Eu tinha treze anos quando meus pais se mudaram para uma cidade distante, em outro Estado.

Fiquei alguns meses com minha avó para não perder o ano, mas o dia da separação chegou.

No começo, foi muito doloroso ficar sem ela. Durante muito tempo a gente se via diariamente. Eu sempre passava pela casa dela na volta das aulas e nas férias praticamente morava na casa de vovó. Sem falar das nossas viagens...

Também senti falta de minhas amigas, do Carlos, meu primeiro "namorado". Mas a falta de vovó foi a maior de todas.

Cartas frequentes iam e vinham, mas não era a mesma coisa... Certa vez, numa das cartas, vovó me falou do Carlos, que surpresa!

Na nova escola eu precisei de certificados da antiga e vovó foi buscá-los. Disse que estava na secretaria quando o Carlos passou e a viu na fila. Ele se ofereceu para esperar e pegar meus documentos. Disse que me conhecia muito, que a gente não era colega de classe, mas me via diariamente a caminho da escola.

O Carlos se lembrava de mim, que maravilha! Saberia que eu gostava dele? Vai ver que sentia o mesmo por mim. Que pena a gente não ter conversado nem uma vez!

Estivemos com vovó na sua última festa de aniversário. Foram todos os filhos, genros e netos, de perto e de longe. Todo mundo estava alegre.

Há uma foto da família reunida em que minhas tias e primas aparecem, todas, todas, de vestidos estampados de flores e rindo muito.

Vovó me pareceu cansada e tristonha. Talvez ela já soubesse que estava doente, que nunca mais haveria uma reunião como aquela.

Pouco depois, soubemos que vovó tinha deixado sua casa, seus bichos, suas plantas e fora morar com tia Carlota na capital. Se ela, que sempre foi tão independente, concordou com isso, é porque não estava bem.

Assim que pudemos, fomos visitá-la.

Fazia tempo que estava de cama. Aquele seu rosado natural tinha desaparecido. Que diferença daquela pessoa vigorosa e decidida que eu recordava!

Com sua camisola branca de mangas compridas, o branco cabelo solto, parecia tão desamparada!

Tive vontade de a embalar nos meus braços, como ela tantas vezes fizera comigo.

— Olhe quem está aí! A minha companheirinha! Como está bonita e crescida! Fez quatorze anos há pouco tempo, não é? Não pude escrever, mas não me esqueci...

— Fiz quinze, vovó.

— Quinze, já?

Eu não queria cansá-la, mas ela conversou bastante e riu muito lembrando-se de certas passagens de nossa vida. Depois me pediu que abrisse o seu armário.

Do lado direito, havia uma porção de prateleiras cheias de caixas e embrulhos. Cada visita recebia um presentinho. Ela sabia que seria o último...

O meu era especial. Quando ia abrindo aquela caixa comprida, vi somente uma parte do objeto. Estranhei:

— É uma boneca, vovó!?

— Não, Claudinha, é uma imagem antiga do Menino Jesus. Sempre quis que você ficasse com ela.

Eu nunca tinha visto Menino Jesus tão lindo! Media mais ou menos um palmo e estava deitado numa caminha pobre, pobremente vestido. Os olhos, castanhos e suaves, eram risonhos, a boca sorridente, o rosto cheio de luz. Só de olhar para Ele a gente tinha vontade de sorrir também.

E eu estava sorrindo sem perceber.

Vovó também sorriu ao receber meu beijo entusiasmado.

— É assim que você deve ser, Claudinha. Sorridente.

— Ser sempre alegre não é fácil, vovó.

— Eu sei, mas você pode tentar.

Vovó estava tão animada que pensei que ela fosse sarar.

Mas, de repente, ela me disse, com a maior naturalidade:

— Sabe quem veio me visitar? O Cassianinho.

Escondi minha surpresa. Ela falava de meu primo Cassiano Ricardo, que tinha morrido há pouco tempo num acidente. Vovó não sabia, os filhos nada lhe contaram para lhe poupar esse desgosto.

Ela continuou, alegrinha:

— Ele não conversou comigo. Pensou que eu estivesse dormindo, não quis incomodar. Ficou bem ali na porta, me olhando, alegre e bonito como sempre.

Eu me lembrei de tia Carlota ter contado que os doentes, quando estão muito mal, falam da visita de parentes que já morreram...

Essa foi a última vez que vi minha avó.

Fui de novo para longe, para casa, com meus pais. E não demorou muito ela partiu para a sua última viagem.

Passei muito tempo sem poder falar em vovó. Só de pensar nela ou de ouvir seu nome, eu sentia um nó na garganta e os olhos cheios de lágrimas.

Depois, essa tristeza foi se transformando numa suave saudade. Os parentes mais jovens diziam: "Não sei quase nada sobre vovó Mariquinha. Você se lembra dela?".

Eu me lembrava bem e tinha escrito no meu diário muita coisa sobre nossas viagens.

Foi mamãe quem me incentivou a escrever sobre ela, e fez mais tarde algumas correções (as palavras mais difíceis e bonitas são dela), sem mudar meu jeito de contar ou meu pensamento.

É claro que estas anotações só poderão dar uma ideia muito imperfeita de minha avó. Acho que só um grande artista conseguiria descrevê-la exatamente como ela era. Eu apenas abri minha caixinha de lembranças. E, principalmente, meu coração.

Reviver nossa convivência foi, muitas vezes, uma tarefa dolorosa. Mas eu a sentia cada vez mais próxima de mim.

E, de repente, falar sobre ela foi um consolo e uma alegria.

"Ficar triste é falta de confiança em Deus."

Talvez seja por isso que sua lembrança me deixa alegre.

Na sua última viagem, vovó não esperou por mim, sua companheira constante. Partiu sozinha.

Quando chegar a minha vez, não terei medo.

Sei que ela, risonha e carinhosa, estará me esperando na Última Estação.

A autora

Dizem que nasci em Jaú. Eu acredito porque estava lá, mas não me lembro desse 4 de junho do século passado...

Passei a maior parte da minha vida em Campinas (SP), onde cresci, estudei e me formei em Línguas Neolatinas e Orientação Educacional.

Meu primeiro livro foi *Férias em Xangri-lá* (Prêmio Governador do Estado), que puxou a fila de mais de oitenta histórias (sete também premiadas), muitas ainda inéditas.

Lecionei em várias cidades do interior, casei, mudei-me para a capital e fui tendo três ou quatro filhos por ano (filhos-livros, claro) em diversas "maternidades", digo, editoras.

Minha personagem mais famosa era o Dr. Lelé da Cuca (três livros), agora empatando com o Xande de *Sopa de letrinhas* e com a avó (de Claudinha e minha) que aparece neste livro.

Teresa Noronha

Entrevista

Um trem de janelas acesas narra o relacionamento singelo, repleto de respeito mútuo, de uma neta com sua avó. Que tal, agora, ler esta entrevista com a autora Teresa Noronha e saber como ela concebe e se relaciona com sua obra?

Este livro é autobiográfico? Se não, qual foi sua inspiração ao escrevê-lo?

- Este livro é uma mistura de realidade e ficção. Todos pensam que sou a Claudinha. Ela poderia ser qualquer uma das netas de dona Mariquinha, minha avó materna, mas eu convivi mais com ela, que é a pessoa mais importante desta história. Tinha uma personalidade mais rica e um coração mais bondoso do que pude mostrar neste pequeno livro. Usei nomes e ações de pessoas reais, de parentes dela ou de pessoas amigas, narrei fatos que presenciei e que ouvi contar; então acho mais correto o nome memórias – ou lembranças – e não autobiografia.

Quando você escreveu o livro e quando se passa a história?

- O livro deve ter sido escrito em 1987, numa ocasião em que a saudade bateu mais forte. Resumi os acontecimentos a um período de cinco anos, dos dez aos quinze anos da garota. Se não fosse assim, o livro ficaria enorme. Os leitores reclamaram do final da história, não se conformando com a morte da avó. Para seu consolo, devo contar que a separação da avó e da neta se deu muito mais tarde e que dona Mariquinha assistiu ao casamento de Claudinha. Também não deu para contar as aventuras da garota na fazenda e os anos de Claudinha como professora, sempre em companhia da avó. Mas isso é uma outra história...

Os valores sobre a vida, a morte, a amizade, resgatados nesta obra, são extremamente importantes. O que você pretende com as mensagens deste livro?

• Eu desejava apenas escrever sobre uma pessoa que admirava e que era muito ligada a mim. Não pretendia passar mensagens, falei do que vi, ouvi e aprendi. As mensagens subentendidas então seriam da avó... Se falei sobre a morte não foi para entristecer os leitores. Talvez para lembrar aos jovens – e a mim mesma – que precisamos amar nossa família, muito, e enquanto é tempo, dizer aos amigos o quanto gostamos deles, curtir os bons momentos, suportar os ruins, enfim, viver com fervor esta nossa vida breve.

Você gosta de dar entrevistas?

• Gostar ou não de uma entrevista para mim depende muito do entrevistador. Tive algumas que saíram frias, sem emoção e entusiasmo, por telefone, por exemplo; outras boas, outras ainda maravilhosas. As melhores, naturalmente, são aquelas feitas por e para aquelas pessoas que têm afinidade com o entrevistado. Os ouvintes gostando, ou não, de ler, o resultado é sempre gratificante para todos. É muito bom falar assim, face a face, de coração para coração.

Como você escolheu a profissão de escritora?

• Não escolhi essa difícil e maravilhosa profissão. Fui escolhida por ela, "fisgada" pelo encanto da leitura que me prendeu desde muito cedo. Na infância, mocidade – agora e sempre –, vivi rodeada de livros. Lia tudo, fosse bom ou ruim. Devagar fui selecionando o que era bom e fiquei com o melhor do melhor. Comecei escrevendo contos, inventando historiazinhas e poemas ingênuos, de muito amor, e trovas literárias, estimulada por um grupo de grandes trovadores do Brasil. Chegou a vez de um livro maior, que enviei para um concurso importante. Fui premiada, o livro conseguiu uma ótima editora. E não parei mais. Não me perguntem se ainda escrevo. Claro que sim! Espero continuar até o fim. O fim da paciência dos leitores... ou da minha vida...